LE LEGS D'UNE MÈRE

LE

LEGS D'UNE MÈRE

I

Le retour de l'école.

> Une mère peut-elle oublier son enfant
> et n'avoir point compassion du fils qu'elle
> a porté dans ses entrailles? Mais quand
> même elle l'oublierait, pour moi, je ne
> vous oublierai jamais, dit le Seigneur.
>
> ISAÏE, ch. XLIX

LES brumes qui, en Flandre, s'élèvent
même aux soirs des plus beaux jours, cou-

et sans s'occuper davantage de l'aîné de ses
fils, Thérèse avait repris sur ses genoux le
cadet, Arthur, un bel enfant de cinq ans,
aux cheveux bruns, aux yeux pétillants de
vie, aux joues roses et veloutées comme la
pêche. Elle le caressait, lui parlait à demi
voix, luttait doucement avec lui; car l'enfant,
à moitié déshabillé, ne voulait pas aller se
coucher; il se débattait avec des sourires et
cachait sur l'épaule de sa mère son joli front,
qu'elle relevait pour l'embrasser avec amour.
L'aîné, François, debout devant la table, con-
sidérait ce spectacle; il gardait le silence ; on
aurait pu croire que ce tableau touchant et
gracieux l'occupait agréablement; mais la
contraction de ses sourcils, les larmes arrê-
tées sous ses paupières, disaient assez quelles
pensées amères et sombres naissaient en son
esprit. Sa mère ne paraissait pas s'en apercevoir; elle continuait à jouer avec Arthur,
et lui présentait en badinant le souper qu'elle
avait préparé pour lui. Ce souper, relative-

ment à la position médiocre de la pauvre veuve, était presque splendide ; l'enfant gâté ne paraissait pas s'en apercevoir ; il mangeait d'un air distrait les belles cerises que François, malgré ses douze ans, regardait d'un œil d'envie, et repoussait les tartines de beau pain blanc préparées avec tant de soin, et que sa mère lui présentait avec mille caresses et mille paroles tendres et enjouées. François, dont personne ne s'occupait, mit ses livres sur la table et s'en alla brusquement vers l'escalier qui menait aux chambres à coucher. Ce mouvement attira l'attention de Thérèse.

« Où vas-tu donc, s'écria-t-elle ; et ton souper ? »

En parlant ainsi, elle prit dans une armoire une assiette où se trouvaient des tranches de pain commun et du fromage ; François revint sur ses pas, mangea quelques bouchées, sans que sa mère, toujours préoccupée d'Arthur qui, fatigué de jeux, commençait à s'endormir, lui adressât la parole ; puis, faisant un effort pour paraître calme et serein , il alluma une petite lampe, rassembla ses livres et ses cahiers , et dit avec beaucoup de douceur :

« Bonsoir, ma chère mère, dormez bien.

» — Bonne nuit, François, répondit-elle.» Il s'inclina, baisa la joue rose de son petit frère et monta à sa chambrette.

Arrivé là , le pauvre enfant, à bout de forces, ferma la porte , se jeta sur son lit en se cachant le visage sur le chevet, puis long-temps, long-temps il pleura , et avec quelle amertume ! Dieu seul, qui lisait dans son cœur, aurait pu le dire ! Quand il se releva , sinon consolé au moins soulagé , ce fut pour aller s'agenouiller devant une croix, qui, avec l'image de saint François d'Assise, son patron , faisait tout l'ornement de sa pauvre chambre. Il pria avec ferveur, jetant ses peines dans le sein de Dieu , son unique confident, et puis, le cœur plus calme, il alla

se livrer au repos ; et pendant qu'il commençait à s'endormir, il entendait encore la
voix de sa mère, qui chantait, d'un ton bas
et radouci, une antique chanson, pour mieux
bercer le petit Arthur.

11

François et sa famille.

Celui qui craint Dieu fera le bien, et celui qui observe la justice la possèdera. Elle le nourrira du pain de vie et d'intelligence. LIVRE DE LA SAGESSE ch. XV.

THÉRÈSE, femme d'un honnête ouvrier menuisier, était restée veuve de bonne heure, avec deux enfants, François qui avait sept ans, Arthur, qui comptait quelques mois à peine. Bonne, mais faible, attachant un prix extrême aux avantages extérieurs, elle s'était prise d'une tendresse passionnée pour ce petit Arthur, dont la beauté flattait sa vanité ma-

ternelle, et dont l'âge, la faiblesse réclamaient ses soins constants et absorbaient
toutes ses pensées. Ce qu'elle ressentait pour
lui, ce n'était pas cet amour solide et généreux d'une mère chrétienne, qui voit dans le
frêle enfant qu'elle porte entre ses bras un
dépôt grave et sacré dont la justice de Dieu
lui demandera compte, c'était une espèce
d'idolâtrie, qui passant par-dessus les défauts
inhérents à l'enfance, s'attachait aux graces
et aux séductions du jeune âge, et faisait
oublier à la veuve les réels intérêts de
cet enfant trop aimé, et les autres devoirs
que le Seigneur lui avait imposés, en lui
accordant, à deux reprises, l'honneur de la
maternité. Toujours préoccupée de son bel
Arthur, dont le nom même, imposé par un
parrain tant soit peu lettré, flattait son amour-
propre, Thérèse oubliait son fils aîné, François, enfant dont l'intelligence et le cœur
auraient excité la tendresse d'une mère plus
sensée. François, vrai descendant d'une race

d'ouvrier, n'avait pas la beauté efféminée de son petit frère; grand et robuste pour son âge, il possédait cette santé qui annonce la pureté des mœurs et qui souvent se trouve unie au jugement et au bon sens. Son visage irrégulier annonçait la réflexion et la bonté, indices qui ne trompaient pas, car l'âme de cet enfant était pleine de fermeté, de franchise et de douceur. Cependant ces heureuses qualités furent mises à une bien rude épreuve, lorsque, la raison et l'esprit de comparaison se développant, François put voir quelle différence sa mère établissait entre son frère et lui; lorsqu'il put juger et peser ces soins, ces attentions de tout moment, cette tendresse toujours éveillée, ces regards toujours caressants, ces trésors d'amour maternel prodigués au petit garçon qui n'en comprenait pas le prix, tandis que l'aîné, toujours seul, souvent rebuté, aurait payé de son sang un mot affectueux, un coup-d'œil amical, une attention tendre et maternelle. Long-temps

il voulut s'abuser, croyant que la faiblesse
d'Arthur établissait seule ces différences ;
mais lorsqu'il vit son frère frais et joyeux,
courant, babillant, chantant du matin jusqu'au soir, remplissant l'étroite maison de
ses joyeuses clameurs, et toujours choyé,
toujours caressé, toujours préféré en un mot,
il comprit alors qu'en s'attachant à Arthur,
sa mère ne remplissait pas un devoir, mais
cédait à une préférence. Cet instant fut terrible et pouvait décider du sort de toute sa
vie ; l'envie et les jalouses fureurs bouillon-
naient en son âme ; une sourde colère contre
sa mère, une haine ardente contre l'enfant,
objet de son exclusive tendresse, boulever-
saient déjà son cœur ; mais en ce temps-là,
François se disposait à la grande action de la
vie, à la première communion. Il participait
avec les enfants de son âge aux instructions
solides et touchantes par lesquelles des
prêtres zélés initiaient la jeunesse à cette
œuvre sainte, à cette action sublime, point

de départ de l'existence, doux souvenir pour le chrétien fidèle, juste terreur pour celui qui n'aurait apporté à l'autel qu'un cœur pesant de haine, d'envie, de passions mauvaises.

Sous la rosée de la parole sainte, l'enfant sentit s'apaiser et s'éteindre ce feu qui le dévorait ; la jalousie, l'animosité firent place, non-seulement à la douce résignation chrétienne, mais encore à ce filial respect qui jette un voile sur les faiblesses d'un père ou d'une mère tendrement aimés. François souffrit sans doute, car les besoins du cœur, le cri impérieux des affections existaient en lui ; mais l'idée du devoir devint en lui si habituelle et si forte, qu'il osa à peine envisager le motif qui faisait souvent couler ses larmes, tant il craignait qu'un reproche tacite n'accusât sa mère, tant il craignait de dérober quelque chose au respect qu'il lui avait voué !

Ce fut dans ces heureuses dispositions que l'enfant s'approcha de la table sainte. Il semblait qu'on pût lui adresser les paroles de l'Ecriture : « Quittez les jours de l'enfance et vivez…. Mangez le pain, buvez le vin que je vous ai préparés…. » Il dépouilla la légèreté de l'enfance, il devint homme dès le jour où il fut uni à son Dieu, homme pour souffrir en silence, pour travailler avec courage, pour protéger avec dévouement les êtres chéris et faibles qui bientôt allaient dépendre de lui.

Plein de ces idées sérieuses, François désira, aussitôt sa première communion, se faire mettre en apprentissage, et il choisit l'état de menuisier. Il porta ses premiers gains à sa mère avec une joie digne de son cœur courageux et bon ; mais cet argent, fruit des sueurs de l'aîné de ses fils, n'arracha pas à la veuve un sourire et une caresse, et toutes ces petites sommes, si laborieusement gagnées, si généreusement économisées, servirent à acheter à Arthur des bonbons , des jouets et des habits au-dessus de sa condition. Car Thérèse se plaisait à le répéter : elle voulait que son Arthur fût un monsieur ! et pendant quelle s'épuisait en rêves ambitieux pour le petit garçon, objet de ses faiblesses maternelles, l'aîné de ses fils, mal vêtu, mal soigné, s'épuisait de fatigue pour pourvoir aux caprices de son innocent rival.

Pourtant, Thérèse n'était ni dure ni méchante, mais elle était préoccupée d'une passion où se confondaient l'amour et l'amour-propre, et sur laquelle le bon sens et la religion avaient perdu tout ascendant : tant il est vrai que les affections les plus légitimes peuvent devenir coupables, lorsqu'elles se dérobent aux lois de la raison, et surtout aux lois de Dieu. Raison éternelle, Vérité souveraine, qui, en modérant par une morale, sévère en apparence, les élans du cœur de l'homme, lui a donné à la fois le secret de la vertu et celui du bonheur !

III

La mort d'une mère.

Voilà votre frère, écoutez-le toujours,
et il sera pour vous un père.

MACHABÉES, *Livre I.*

QUELQUES mois s'étaient écoulés depuis la première scène que nous avons racontée ; minuit venait de sonner au gothique beffroi ; une petite lampe éclairait la chambre de la veuve Stévens et projetait ses faibles lueurs sur le lit où elle passait une nuit agitée et pénible. Atteinte, depuis quelques semaines, d'une bronchite aiguë, ceux qui l'entouraient voyaient, au dépérissement rapide et complet qui s'opérait en elle, que ses jours étaient comptés ; François ne la quittait pas ; jour et nuit auprès d'elle, ce pauvre enfant était devenu, grace à son affection filiale, la garde-malade la plus attentive. Assis en ce moment au pied du lit, il épiait tristement le sommeil interrompu de sa mère, la respiration saccadée qui s'échappait de sa poitrine mourante, et les plaintes inarticulées qui interrompaient son repos. Il n'osait remuer ; mais sa prière intérieure s'élevait vers Dieu, vive et pressante : « Mon Dieu ! gardez-nous notre mère ! ne permettez pas qu'elle meure, car nous avons besoin d'elle, mon pauvre petit frère, pour qu'elle le soigne, et moi, pour qu'elle m'aime, car je ferai tant qu'elle m'aimera aussi !..... Seigneur, donnez-lui la vie !

» — Mon Dieu ! » dit la malade d'une voix faible, comme si elle répondait aux sentiments intérieurs de son fils, « mon Dieu !

vais-je mourir ? Mon pauvre enfant ! qu'est-ce qui prendra soin de lui ! il sera abandonné, misérable.... mon cher petit Arthur, faut-il donc te quitter et te laisser seul !

» — Il ne sera pas seul, ma mère ! » répondit doucement François, qui s'était agenouillé devant le lit, « il ne sera pas seul, tant que je serai là.

» — C'est toi, François.... » soupira la malade, et la souffrance, l'inquiétude prêtaient à sa voix une tendresse que son fils ne lui connaissait pas; « c'est toi.... tu m'as entendue.... je me croyais seule....

» — Ma mère, j'étais là, je vous ai entendue, et je n'ai pas pu résister au désir de vous rassurer.... »

La malade écoutait en fixant sur son fils un regard interrogateur, comme si elle eût voulu scruter les profondeurs de son âme. Sans doute, elle fut tranquillisée, elle ne lut sur le front de François que franchise et sincérité, et elle épancha tout son cœur dans le cœur

de l'enfant si longtemps repoussé. Lui, l'o-
reille inclinée, les mains jointes , écoutait sa
mère avec une attention profonde et recueillie....

« Je me sens mal , dit-elle, je crois que je
vais mourir , mourir jeune comme votre père,
mes pauvres enfants.... Je n'aurais peut-être
pas tant de peine à m'en aller de la vie, si je
ne laissais derrière moi mon petit Arthur....
que fera-t-il ?.... qui le soignera ? qui l'aimera, qui veillera à son éducation , quand
sa pauvre mère sera couchée sous la terre ?
mon enfant, mon petit ange, si beau, si
bon !.... oh ! qu'il est terrible de mourir et
d'être séparée de toi !....

» — Ma mère, reprit François d'un ton
sérieux, j'ai dit et je répète devant le bon
Dieu qui m'écoute, que, si vous voulez me
confier Arthur, je travaillerai pour lui, je
l'éleverai et ferai en sorte que rien ne lui
manque.... Que le Seigneur m'entende, et il
vous laissera avec nous, ma chère mère,

mais s'il disposait de votre vie, soyez en paix, mon frère ne sera pas abandonné. »

Cette parole, quoique sortie de la bouche d'un enfant de treize ans, fut dite avec tant d'énergie, on y sentait si bien l'âme virile et tendre qui l'inspirait, que Thérèse fut soudain remplie de confiance.

« Tu me promets cela, François?

» — Oui, ma mère.

» — Tu ne quitteras pas Arthur? il n'ira pas à l'école des Orphelins, il ne portera pas ce costume, ce numéro sur le bras, il restera avec toi, tu tâcheras de le faire étudier.

» — Oui, ma mère, vos intentions seront remplies.

» — Il ne sera donc pas un ouvrier, continua la mourante, insistant encore sur la grande idée de sa vie.

» — Non, ma mère, j'y ferai tous mes efforts. »

Elle respira après ce mot, et tendit à son

généreux fils sa main baignée d'une froide sueur.

« Grace à toi, je mourrai en paix, dit-elle ; sois béni, mon fils François.... je t'aimais bien aussi, quoique je caressasse davantage Arthur..... il ,était si petit..... si gentil..... »

Les larmes étouffèrent sa voix : François baisa la main qu'il tenait, et répondit avec douceur :

« Je ne vous ai jamais accusée, ma mère ; moi aussi, j'aimais Arthur, et je l'aimerai encore davantage à l'avenir.... »

Cette nouvelle promesse acheva de rassurer Thérèse ; elle ne parla plus, mais fixant ses yeux sur le crucifix, elle parut occupée à élever son âme à Dieu. Vers le lever du jour, elle dit d'une voix basse :

« Il est temps d'aller chercher le prêtre. » François obéit et envoya un petit voisin à l'église.

Le jour se levait et éclairait d'un splendide

rayon l'humble chambre de la veuve, lorsque le prêtre offrît à ses lèvres mourantes le Pain céleste, gage du bonheur éternel. François et quelques pieuses voisines, agenouillées, priaient et pleuraient; un long silence régna pendant l'action de graces de Thérèse; il fut interrompu par une voix enfantine, qui, à la porte de la chambre, disait :

« Ouvre-moi, maman, c'est moi! » et l'enfant frappait de ses petites mains sur la porte fermée; François alla ouvrir, et prenant dans ses bras Arthur, à demi vêtu, échappé de son lit dans la première fraîcheur du réveil, il le porta auprès de leur mère. L'amour maternel anima encore une fois les yeux de la malade; elle passa sa main défaillante sur le front et les cheveux du petit garçon interdit, et le bénit silencieusement.

« Qu'as-tu, maman ? s'écria-t-il, pourquoi tout ce monde ?.... je veux m'en aller, viens avec moi! »

Elle ne put plus répondre à cette voix si

chère ; elle ne put plus caresser le visage bien-aimé qui se penchait vers elle ; ses yeux seuls, arrêtés sur François, lui jetèrent un regard qui lui disait : *Souviens-toi !*

Ce regard fut le testament de la pauvre mère ; elle retomba sur son chevet, en étreignant le crucifix, et le prêtre, à genoux, suivant de ses prières l'âme qui venait de partir, annonça aux deux enfants qu'ils étaient orphelins.

———◊◊◊———

IV

Le convoi et les délibérations.

> Le Seigneur prend l'orphelin sous
> sa protection.   PS. CXLV.

LE surlendemain, un modeste convoi se rendit en l'église de Saint-Michel. Quelques voisins, quelques anciens amis suivaient le cercueil de la pauvre veuve, derrière lequel marchaient François et Arthur ; le premier, pâle, grave, semblait recueilli en des pensées supérieures à son âge ; le second, effrayé par tout ce qui se passait depuis deux jours, se pressait instinctivement auprès de son frère, s'attachait à sa main, et levait sur lui des yeux surpris et consternés. François serrait cette petite main dans les siennes, et regardant le cercueil, il répétait tout bas : « Je serai son père, je l'aimerai toujours ! »

Lorsque la dernière cérémonie fut terminée, lorsque l'étroite demeure, où tout vient aboutir, fut descendue au sein de la terre, lorsque les deux enfants eurent entendu retomber ces lourdes pelletées de terre, qui semblent ensevelir le cœur avec l'objet aimé et perdu, lorsque le prêtre eut prononcé les dernières prières et jeté l'eau sainte sur ces dépouilles promises à la résurrection, deux ou trois vieux amis de la famille vinrent entourer les orphelins, et l'un d'eux, qui était le maître de François, voulut les emmener avec lui. Arrivés à sa maison, il dit :

« Vous n'irez pas ce soir chez vous, vous coucherez ici.... »

François accepta, car il craignait de revoir

cette chambre, où personne n'attendait plus ses soins, et il désirait, d'ailleurs, s'expliquer sur ses projets avec les seules personnes qui lui portassent intérêt.

Il entra donc chez le maître menuisier, qui s'appelait Willems. La bonne femme s'empara aussitôt d'Arthur, qui, épuisé de fatigue, troublé par les émotions de son petit cœur, s'endormit la tête sur l'épaule de son hôtesse. Elle l'emporta pour le mettre au lit, et Willems, le suivant des yeux, dit à François :

« Voilà un enfant pour lequel il va falloir faire bien des démarches !

» — Comment l'entendez-vous, monsieur ?

» — Mais.... c'est bien clair, il me semble, mon cher enfant ; vous êtes orphelins, pauvres, sans famille, vous n'avez pas de meilleure ressource, surtout pour ce petit, que l'éducation publique, dans une maison fondée par la charité chrétienne, et graces au ciel, elles ne manquent pas dans notre ville. Aussi, mon garçon, je n'y épargnerai pas mes peines, et dès demain, j'irai voir les administrateurs, je ferai valoir vos droits, je ne négligerai rien, sois-en bien sûr....

» — Je vois bien là, monsieur, votre bonté pour nous, répondit François, mais j'ai d'autres intentions.

» — Eh ! lesquelles?

» — De garder mon frère avec moi, et de travailler pour nous deux.

» — Tu rêves, mon garçon? pourquoi prendrais-tu une telle charge, quand il y a des hospices où l'enfant sera nourri, logé, blanchi, élevé, tout cela aux frais de l'administration? C'est de la déraison, vois-tu! Toi, tu resteras ici, avec ma femme et moi, je t'apprendrai mon état, tu nous seras utile, cela ira à merveille ; mais pour le petit garçon, m'est avis que c'est là un trop lourd fardeau pour nos épaules.

» — Pardon, maître Willems, insista François avec beaucoup de douceur, j'ai promis à ma mère, au lit de mort, que jamais Arthur ne me quitterait, qu'il n'irait pas à l'hospice des orphelins, que je l'éleverai, que je l'aimerai, et vous connaissez le vieux proverbe de notre pays : *Une parole, un homme*, je ne peux pas dégager celle que j'ai donnée à ma mère mourante, et quand je le pourrais, je ne le voudrais pas....

» — C'est fort bien, fort bien, » répondit le menuisier, qui n'entendait pas grand'chose à ces sentiments délicats, « mais enfin, pourquoi faire cette promesse? Si j'en crois tout ce que l'on a dit, ce petit garçon était le Benjamin de ta mère, elle ne .....

» — Pas un mot de plus, maitre Willems, ma mère aimait Arthur, elle avait bien raison, et je fais tout comme elle. D'ailleurs, elle ne m'a pas arraché cette promesse, je l'ai faite bien librement.

» — Et tu y tiens?

» — Comme à ma vie.

» — Et quels sont tes projets?

» — Voulez-vous me permettre de vous les expliquer? Je désirerais accepter votre offre et habiter votre maison, mais à condition que vous y receviez aussi mon petit frère. Vous nous donneriez une chambre, un cabinet, n'importe, et vous nous permettriez de dîner avec vous. Je travaillerai de mon mieux à l'atelier, et j'enverrai Arthur à l'école. Dans deux ans, j'aurai, je l'espère, fini mon appprentissage, je serai ouvrier, en état de gagner notre vie; mais, en attendant, je vous offrirais, pour vous défrayer de vos dépenses, quelques meubles qui ont appartenu à nos parents, et vous préleverez une somme sur mon salaire de chaque jour. Je tàcherai de vous être utile, et d'éviter qu'Arthur vous soit à charge, pour prix de la protection que vous nous accorderez..... Acceptez-vous mes propositions, maître Willems ?

» — Et comment ne les accepterait-il pas ! s'écria la bonne femme qui était rentrée, mais ce sera la bénédiction de notre maison, que ce petit ange qui dort là-haut, et qui m'appelait *maman* tout-à-l'heure ! Pour vous, François, vous êtes un brave garçon, que le bon Dieu bénira, et notre homme ne peut pas te refuser.... N'est-ce pas, Willems, que tu dis oui ! »

Subjugué par la verveuse éloquence de sa femme, le menuisier sourit, tendit la main à François, et dit :

« C'est une affaire conclue ! »

V

Les orphelins.

Le frère, qui est aidé par son frère, est comme une ville forte. PROV. XVIII. 19.

LES affaires des pauvres se font sans longs embarras ni coûteuses procédures ; les orphelins recueillirent sans difficulté les quelques meubles qui composaient la succéssion de leur mère, et cédèrent à une voisine, pour une modique somme, une fois payée, le petit fonds de mercerie de la veuve Stévens. Aidé des conseils de son maître et de ceux de sa bonne femme, François ménagea ces humbles ressources, et sans perdre de temps il reprit les travaux de son apprentissage : esprit ferme et soumis aux volontés divines, qui ne consumait pas dans des douleurs oisives un temps que réclamaient de plus nobles devoirs.

Dès le premier jour, en effet, François accepta pleinement ce devoir auquel, à la voix de sa mère mourante, il avait voué sa vie. Il prit un cœur de père pour cet enfant, qui, autrefois l'objet d'une préférence injuste, lui avait souvent inspiré, malgré lui, un sentiment de jalouse aversion. Arthur partageait la chambre de son frère ; dès le matin, celui-ci l'éveillait doucement par une parole amie, et lui faisait faire sa prière au Père qui est dans les cieux ; il l'aidait à s'habiller, arrangeait ces cheveux où leur mère aimait à passer ses doigts, veillait à la propreté de sa petite toilette d'enfant, et après le déjeûner il le conduisait lui-même à une école voisine. Le milieu de la journée venu, il allait le chercher; car, éclairé par sa tendresse qui lui donnait une prudence précoce, François ne voulait pas exposer l'innocence d'Arthur aux dangers de la rue. Mais pour le dédommager des charmes entrevus et regrettés du jeu de bouchon et de la toupie, il se faisait enfant avec l'enfant et jouait avec lui, après leur dîner, comme le camarade le plus gai, le plus vif, aurait pu le faire. L'après-midi ramenait Arthur à l'école et François à l'atelier; le soir les réunissait encore à la table frugale de maître Willems ; après le souper, retirés dans leur chambrette, l'aîné faisait répéter au cadet ses petites leçons de lecture, sa table de Pythagore ; ils priaient ensemble, et s'endormaient l'un près de l'autre, bien avant que, suivant la coutume du moyen-âge religieusement conservée en Belgique, le veilleur, au haut du beffroi, n'eut fait retentir la trompette, et crié, aux quatre angles de la vieille tour : *Il est dix*

heures ! couvrez le feu ! couvrez la lumière !
Les soirs d'hiver se passaient à l'atelier, et
pendant que François poussait le rabot, ma-
niait le vilebrequin et le ciseau, son petit
frère étudiait ses leçons, préludant tous deux
aux carrières différentes dont leur mère avait
fait choix pour eux.

Les dimanches étaient pour François des
jours de paix et de félicité; il appréciait cette
jouissance du repos, du loisir, dont l'Eglise,
maternelle et douce en toutes ses lois, a
imposé le bienfait à ses enfants, prévoyant
bien que la cupidité et les besoins de la vie
les entraîneraient; et qu'il ne faudrait rien
moins qu'un ordre exprès pour que les malheureux, accablés sous le poids du travail et
de la chaleur, se réservassent un jour sur
sept, pour élever leur cœur en haut, le tirer
de la poussière d'ici-bas, lui faire pressentir
ses grandes destinées, et pénétrer, par un
peu de calme, un peu de réflexion, le secret
et le but de l'existence humaine. Oh ! que

François aimait ces beaux dimanches, ces
offices pompeux et solennels, célébrés sous
les voûtes de l'antique cathédrale, ces heures
de paix, écoulées devant les tabernacles,
durant lesquelles, libre de travail et de fatigue, il pouvait prier, penser, lire quelque
livre pieux, que durant la semaine il n'avait
pas le temps de feuilleter! Une promenade
dans les prairies, où serpente la Lys, ter-
minait la journée, et Arthur comptait ses
dimanches d'été par le souvenir des bouquets
qu'il avait trouvés dans les buissons, des pa-
pillons qu'il avait saisis au vol, et des cou-
ronnes de bluets que son frère avait achetées
pour lui aux petites paysannes qui les tressent
fort habilement.

La vie matérielle de ces enfants, sobre et
modeste s'il en fût, ne rencontrait pas trop
d'obstacles dans leur pauvreté, grace à la
bonne Mme Willems, qui soignait leurs vêtements, entretenait leur linge, et pensait
faire une œuvre agréable à Dieu, en s'asso-

ciant au fraternel dévouement de François.

Plusieurs années se passèrent ainsi, bien rapides, car elles étaient bien calmes, et François, âgé alors de dix-sept ans, vit approcher avec un indicible bonheur le moment de la première communion d'Arthur.

Ce fut sans doute un touchant spectacle pour ces aimables Esprits, témoins invisibles de toutes nos actions, que le spectacle du cœur et des pensées du frère aîné, conduisant à l'autel eucharistique l'enfant que depuis cinq ans il protégeait avec tant d'amour. Que de vœux, que de prières ferventes, que de supplications au Seigneur afin que toujours cette jeune âme, devenue le temple de la Divinité, se conservât sans tache et sans souillure ! Chrétien avant toute chose, François concevait le prix de l'âme humaine, et quelle que fût la tendresse qui l'unît à son frère, il eût préféré le voir mourir innocent que de le voir vivre coupable ; coupable d'un péché mortel, tache hideuse, que les regards de

Dieu ne peuvent supporter, noire perfidie qui rompt le pacte d'alliance jadis conclu au saint baptême; obstacle au bonheur éternel, car c'est une nécessité de la nature divine, de repousser loin d'elle une âme où le péché habite : ce qui est infiniment pur ne saurait s'unir à ce qui est souillé !

Plein de ces idées, François ne cessait de recommander à Dieu l'âme bien-aimée que sa mère lui avait léguée, et que sa foi avait reçue comme un dépôt précieux, commis à sa garde jusqu'à l'éternité! Durant cette heureuse journée, il pensa souvent à sa mère, et chaque fois que son pieux souvenir se reporta vers elle, la voix qui ne trompe pas, la voix de la conscience, répondait intérieurement :

« Tu as fais ton devoir; ta mère te bénit et prie pour toi ! »

Une autre circonstance causa bientôt à François une joie vive, quoique moins profonde. Arthur, depuis deux ans, avait fait de notables progrès ; son intelligence s'était développée d'une manière remarquable, et au concours de toutes les écoles, il remporta plusieurs prix. Une grande cérémonie rassembla à l'hôtel-de-ville les jeunes lauréats, et le cœur de François battit d'un tendre orgueil en entendant la voix des magistrats de cette grande ville proclamer le nom de son frère, et en voyant Arthur radieux, accourir vers lui, tenant d'une main de beaux livres richement reliés, de l'autre la couronne qu'on venait de poser sur son front. Il se jeta dans les bras de son frère, qui l'étreignit silencieusement, disant au fond de son cœur :

« O ma mère, vos vœux pour cet enfant seront accomplis ! »

VI

Le frère aîné.

Sentais-tu la lutte éternelle
Du bonheur et de la vertu,
Et la lutte encor plus cruelle
Du cœur par le cœur combattu?...

LAMARTINE.

La vertu n'est pas inhérente au cœur de l'homme; elle n'arrive même à son apogée que par les combats qu'elle livre aux instincts naturels, et François, comme tous les pauvres enfants d'Adam, sentit la lutte intérieure, la guerre intestine des penchants contre la raison, la morale et le devoir. Il était jeune, et comme les jeunes gens de son âge, il aurait aimé les plaisirs ; animé même de goûts plus nobles, il aurait aimé l'étude et les distinctions auxquelles elle peut conduire ; mille tentations l'assaillaient, mille voix insidieuses lui disaient au fond du cœur : « Pourquoi user ta vie dans de pénibles travaux ? pourquoi, pas un jour, pas une heure de relâche ? pourquoi jamais de loisir pour les délassements, ou même pour l'étude ? pourquoi une vie si austère, afin d'élever au-dessus de toi cet enfant qui t'a coûté tant de larmes ? Erreur ! tu te dévoues, et pour qui ? pour un désir chimérique de ta mère, pour une vaine illusion de devoir, à laquelle tu sacrifies le présent et l'avenir ! »

Ces pensées dangereuses faisaient un mal affreux au pauvre François, et parmi elles, la plus amère peut-être, c'était celle de l'obscurité, de l'ignorance à laquelle son dévouement le condamnait. Pressé par les nécessités de chaque jour, par l'ardent aiguillon des besoins matériels, il devait donner au travail tout le temps dont il pouvait disposer, et sauf le dimanche, il n'accordait nulle trêve à son courageux labeur. Des cours nombreux et gratuits de dessin, de calcul, de sciences, rassemblaient chaque soir un grand nombre d'ouvriers ; combien François eut envié une place à leurs côtés, sur ces bancs où l'homme d'un âge mûr, le père de famille redevenaient de studieux écoliers !

Mais l'inflexible devoir était là ; le travail réclamait ces moments qui eussent été si doux, consacrés à un travail intellectuel, repos et délassement du labeur accablant de la journée. François était père ; il fallait à l'enfant de son adoption, du pain, des vêtements, des livres, ces livres tant enviés ! et le jeune homme, refoulant ses désirs au fond de son cœur, travaillait, l'été jusqu'à ce que le soleil eût disparu à l'horizon, l'hiver jusqu'à ce que le silence absolu de la rue lui eut annoncé l'heure avancée. Pour se raidir ainsi contre lui-même, il puisait de la force aux sources fécondes de la religion : il priait, il cherchait, dans les sacrements, la vigueur de l'âme et la constance des résolutions; il profitait de ses rares moments de liberté pour lire et relire l'histoire de ces généreux martyrs, héros du christianisme, dont la vie a été une lutte continuelle avec eux-mêmes, soit qu'ils sacrifiassent à leur Dieu jusqu'à l'instinct même qui nous pousse à vivre, soit qu'ils entrassent en guerre avec tous les désirs du cœur, en adoptant les conseils évangéliques, en portant la croix, en quittant richesses, joies et affections, en haïssant enfin leur âme en ce monde pour la posséder dans une meilleure vie. Partout le jeune ouvrier retrouvait les combats auxquels lui-même était en proie; il déroulait la longue et glorieuse histoire de l'Eglise, en lisant la biographie des saints qui l'ont illustrée, et partout il voyait sa propre histoire.

Amour des plaisirs, amour des distinctions, réaction perpétuelle contre ces violents désirs, c'est tout le secret du combat et du triomphe des saints d'autrefois et des justes d'aujourd'hui.

François, soutenu par sa piété, luttait donc avec courage, avec persévérance, et soutenait généreusement la tâche qu'il avait entreprise. Il se soumettait à sa position et se disait quelquefois : « Je ne serai jamais qu'un ouvrier, un modeste, un honnête ouvrier.... pourquoi pas ? Que me demandera mon Dieu au dernier des jours ? me demandera-t-il si je fus ici-bas prince, noble, écrivain, riche propriétaire ? voudra-t-il, pour m'admettre au ciel, que j'aie possédé sur la terre les biens de la fortune, les dons de la science ?.... Oh ! non, il me demandera si j'ai été bon et droit, chrétien fidèle, homme d'honneur.... tout cela je puis l'être en étant un modeste, un honnête ouvrier.... Saint Joseph était un ouvrier; quoique de sang royal, il travaillait comme moi, et comme moi, si j'ose le dire, il veillait sur un cher dépôt.... »

Depuis le jour où François fit, pour la première fois, ces bonnes et justes réflexions, il choisit saint Joseph comme son patron spécial, il envisagea son frère comme un trésor que la Providence avait remis entre ses mains, il s'appliqua à en faire un fidèle disciple du divin Enfant que Joseph avait nourri, et il se répéta souvent ces saintes paroles qu'il avait lues dans saint Paul : *Gardez bien le dépôt !*

Heureux serions-nous tous si, méditant ces graves paroles, nous veillions sur le dépôt de Dieu : dépôt de notre propre âme, dont nous devrons rendre compte, dépôt de l'âme des enfants, des serviteurs dont nous sommes chargés, talents précieux et redoutables, sur l'usage desquels le Père de famille nous interrogera, à notre gloire éternelle ou à notre éternelle confusion !

VII

Arthur.

Arthur répondait aux soins et à l'affection
de son frère par des goûts studieux et par
une amitié enfantine, qui était le juste et
vrai salaire des fatigues qu'endurait François.
Il aimait ce bon frère, cet unique protecteur,
le seul être à qui sa vie, sa santé, ses désirs
inspirassent de l'intérêt, dont les yeux sou-
riaient toujours à ses yeux, dont la main ne

rencontrait jamais la sienne sans la presser
tendrement. Il l'aima d'abord avec l'égoïsme
naïf de l'enfance, parce qu'il en avait besoin,
et qu'il sentait d'instinct qu'ailleurs il ne
trouverait pas un dévouement pareil à celui-
là; il l'aima aussi comme un être supérieur,
car François était homme, à l'âge où tant
d'autres sont encore enfants; tant que ce dernier sentiment exista, l'amour fraternel d'Arthur fut aussi respectueux qu'il était tendre,
mais vint un jour où le fruit de l'arbre de
science, souvent fatal, toujours dangereux,
enivra le jeune écolier, et fit naître du fond
de son âme les épaisses vapeurs de l'orgueil
et du dédain. Intelligent, appliqué, il avait
réussi dans ses études d'enfant; il abordait
avec un égal succès les travaux plus sérieux
de l'adolescence. Arthur, qui écrivait et parlait purement sa langue maternelle et le français, la langue universelle, qui connaissait
les calculs, le dessin linéaire, qui avait
quelques notions d'histoire, de physique, de

chimie, Arthur était un savant, comparé au modeste et laborieux François, incomplet par l'instruction, mais complet et grand par le cœur. L'enfant, orgueilleux et vain, ne comprenait pas ce qu'avait d'honorable l'ignorance et le manque d'instruction de ce noble esprit qui avait sacrifié la soif de savoir au désir de bien faire; l'enfant, le jeune lauréat, se raillait en secret de l'incapacité de son frère, qui ne savait pas faire une règle de trois, et qui n'aurait su dire en quel siècle avait vécu Charles-Quint; quelquefois un sourire moqueur trahissait sa pensée, et venait frapper le pauvre François, non dans son amour-propre, mais dans son affection. Il ressentait ce qu'ont éprouvé trop souvent de pauvres parents qui, à force de travaux et de privations, ayant élevé au-dessus d'eux l'enfant de leur amour, trouvent dans les amers mépris du fils, à qui ils ont servi de piédestal, le châtiment d'une ambition imprudente.

François, en faisant acquérir à son frère plus d'instruction qu'il n'en avait lui-même, avait obéi au plus cher, au dernier vœu de leur mère expirante ; mais que de fois n'avait-il pas senti combien le *déclassement* des rangs offre de dangers et de douleurs ! A son tour, il en devenait victime, et les dédains de son frère, ses airs de mépris ou de pitié, le faisaient cruellement souffrir.

Une seule personne avait remarqué cette peine secrète, et deviné ce que la bouche de François cachait si discrètement : c'était la bonne femme de Willems, qui, depuis longues années, portait aux orphelins un tendre et maternel intérêt. Elle aimait Arthur, qu'elle avait tant de fois porté entre ses bras ; mais elle estimait grandement François, dont le dévouement toujours égal lui paraissait une espèce de prodige. La première, elle observa les airs suffisants de son favori, pédantisme de l'écolier, qui chez l'homme devient dédain des petits et envie des grands ; elle s'en

affligea et voulut lui faire quelques représen-
tations, qui ne furent pas écoutées ; un jour
même, le jeune garçon lui répondit arrogam-
ment :

« Eh ! croyez-vous que lorsque j'aurai deux
ou trois ans de plus, je me laisserai gouverner
par un ignorant tel que François !

» — Un ignorant qui vous nourrit ! s'écria
la bonne femme révoltée.... Qu'osez-vous dire,
Arthur ! savez-vous bien que, sans le travail
et l'amitié de votre frère, vous seriez, à
l'heure qu'il est, à l'hospice des Orphelins,
vous savez bien.... ces petits garçons qui ont
une veste brune, une culotte de peau jaune
et un numéro sur le bras !.... Vous devien-
driez un artisan et non pas un *monsieur*, et
c'est à François seul que vous devez ce que
vous êtes et ce que vous serez un jour, si
Dieu vous prête vie. »

L'écolier paraissait un peu confus, il bal-
butia enfin :

« J'ignorais que je devais tant à mon frère.

» — Sans doute, il ne s'est jamais vanté, le bon cœur qu'il est; il ne vous a pas dit qu'il avait promis à votre mère, à son lit de mort, de vous élever, de vous faire étudier, car elle ne voulait pas que vous fussiez un ouvrier; il ne vous a pas dit que tout jeune, presque enfant, il a travaillé, sué pour vous; il ne vous a pas dit qu'il vous a veillé pendant vos maladies d'enfance, qu'il s'est souvent refusé le nécessaire pour vous acheter des habits et des livres ; il ne vous a rien dit, et maintenant que vous commencez à en savoir plus long que lui, vous faites le fier et le dédaigneux quand il vous parle, lui, votre père ! Si c'est là ce que l'on apprend dans les livres, mieux vaudrait que vous n'eussiez jamais su ni *a* ni *b*. Mais vous avez beau faire, François sera toujours plus savant que vous, quand il s'agira d'avoir bon cœur et d'être ferme au travail..... »

Cette philippique de Mme Willems produisit une véritable impression sur le cœur d'Arthur, et rabattit les fumées de son orgueil. Il fut silencieux tout le jour ; mais lorsque le soir il se trouva seul avec son frère, il se jeta dans ses bras, serra ses mains, que le travail avait durcies, et lui dit à voix basse :

« Pardonne-moi, François, je t'ai fait de la peine depuis quelque temps, pardonne-moi, je t'en prie.... »

François l'embrassa cordialement.

« Je n'ai rien à te pardonner, répondit-il ; tu ne savais pas ce que tu faisais.

» — Je le sais maintenant, mon bon frère, et j'en suis bien triste.

» — Ne parlons plus de cela, mon cher Arthur ; seulement sois bien sûr que, quelle que soit la carrière que tu embrasses avant peu d'années, la modestie est le meilleur moyen de te faire distinguer. Pas de tons avantageux, car on ne te croira pas sur parole, et t'examinant, on sera d'autant plus sévère que tu auras été plus indulgent. C'est

une remarque que j'ai faite, profites-en.
» — Oh ! toujours, mon bon frère, donne-
moi tes conseils toujours ! »

VIII

L'élève du Conservatoire.

Vous croyez peut-être pouvoir vous satisfaire, mais vous n'y parviendrez jamais. Quand d'un seul coup-d'œil vous verriez tout ce qui est dans le monde, que verriez-vous autre chose que vanité ?   IMITATION *Livre I.*

BIENTÔT vint l'époque où ces conseils fraternels furent plus nécessaires que jamais au jeune garçon. Il approchait de sa seizième année; le moment de choisir une profession était arrivé, et il hésitait entre les diverses routes ouvertes devant lui.

François aurait désiré qu'il s'attachât à une maison de commerce, position modeste, à l'abri de l'envie, au-dessus du besoin; mais il rencontrait un obstacle dans le goût que son frère avait témoigné, dès l'enfance, pour les beaux-arts et surtout pour la musique. Ce penchant très-vif avait été favorisé par des dispositions naturelles et remarquables, auxquelles n'avaient pas manqué les occasions de se produire et de s eperfectionner.

Arthur était donc musicien, il chantait assez bien et jouait passablement d'un instrument. Enfant, il avait, d'une belle voix argentine, chanté à l'église de sa paroisse l'*Adeste fideles*, et les accents de l'orphelin faisaient alors monter les larmes à tous les yeux; plus âgé, de l'aveu de son frère, il s'était enrôlé dans les rangs d'une de ces sociétés chorales qui, des bords du Rhin aux bords de l'Escaut, rendent la musique si populaire et prêtent souvent leur harmonieux concours aux exercices de la religion. Ses dispositions et son goût progressèrent à la fois ; il ne rêva plus que musique ; études et délassements furent négligés pour l'art qui le captivait tout entier, et ses relations avec ceux qui le cultivaient aussi devinrent plus intimes et plus multipliées.

François s'en aperçut avec peine, et bientôt il put observer l'impression que ces amitiés frivoles produisaient sur l'esprit de son frère. Celui-ci ne rêvait plus que succès, applaudissements, bravos enivrants qu'un public ému prodigue à l'artiste qui a su lui plaire ; sans cesse, il ramenait dans sa conversation le nom des musiciens, nos contemporains, sur qui la réputation et la fortune ont versé leurs faveurs ; qui ont une cour et presque des séides ; dont la voix puissante, l'archet magique, les doigts agiles et inspirés provoquent les larmes et les émotions d'une foule idolâtre ; il citait des jeunes hommes, ses compatriotes, qui occupaient leur place dans cette pléïade de musiciens plus ou moins célèbres, et il laissa entrevoir que lui aussi aurait voulu s'élancer dans cette carrière et n'avoir plus d'autre occupation que l'art qui l'enchantait.

« Pourquoi pas ? » répondait-il aux sérieuses objections de François ; « est-il une vie plus agréable, plus honorée que celle-là ? On voyage, on parcourt l'Europe, partout bien accueilli, fêté, applaudi, recherché ; on se fait un nom, on se fait une fortune, on jouit enfin de la vie !

» — Oui, mon cher Arthur, on se fait un nom, on se fait une fortune, en admettant que l'on possède, chose toujours rare, un talent brillant et réel. Quelques artistes, il est vrai, sont en vogue et possèdent tous ces biens dont tu me parles ; mais pour dix, vingt noms que l'on proclame, combien qui meurent étouffés dans l'oubli ! Combien de bons jeunes gens, fils d'honnêtes bourgeois ou de laborieux artisans, sont morts à la peine, abreuvant leurs parents de chagrin, en voulant poursuivre ce talent, cette renommée qui les fuyaient? Combien vivent encore à Paris, à Bruxelles, dans toutes les grandes villes, si l'on peut appeler vie une existence toute de privations, de peines et dénuée d'avenir! Combien végètent, obtenant à grand'peine, de leur archet ou de leur piano, une misérable existence, qui ont abandonné, pour cet espoir décevant, un état sûr, une carrière honorable!

» — Il est vrai, mais enfin ceux qui réussissent?

» — Contre ceux-là, j'ai une plus grande objection : ils jouissent de la vie, tu l'as dit tout-à-l'heure, mais est-ce pour en jouir seulement qu'elle nous a été donnée?

» — Tu es bien sévère!

» — Le suis-je trop? lis l'Evangile, et dis-moi si la vie d'un chrétien se compose de fêtes, de concerts, d'applaudissements; si l'homme qui ne cherche qu'à amuser les autres et qu'à s'amuser lui-même, est bien dans la voie du salut ? mais j'ai appris qu'*une seule chose est nécessaire*, et je pense qu'un homme, qui, par état, se trouve sans cesse mêlé au tourbillon du monde, et quelquefois aux fêtes les plus profanes, je pense que cet homme est bien loin de la position grave et réfléchie, utile et sérieuse, qui convient à un chrétien.

Arthur soupira, et dit à demi-voix : «Une profession grave, utile, c'est bien ennuyeux !»

Ces conversations se renouvelaient fréquemment, sans aboutir à un parti décisif, et les mêmes arguments provoquaient les mêmes objections. François ne manifestait pas l'extrême contrariété qu'il en ressentait; il tâchait d'entraîner son frère par ses raisonnements, plutôt que de le contraindre par des ordres positifs; car, sans avoir lu Bossuet, il savait comme lui qu'il «ne faut pas précipiter les âmes vers le bien, mais les y conduire», et il tâchait de calmer doucement

l'imagination d'Arthur, qui ne rêvait que concerts, fêtes et voyages. Il tâchait insensible-
ment de l'éloigner de ses camarades et de
leurs réunions musicales ; le dimanche venu ,
il lui proposait quelque excursion lointaine,
et ils rentraient au logis fatigués, mais joyeux.
Un soir d'été, ils s'en revenaient ainsi, après
avoir visité l'antique château de Zwynaerde,
où mourut la sœur de Charles-Quint, la
femme de Christiern, roi de Danemarck,
chassée par son époux, dont elle n'avait pas
voulu partager l'hérésie ; ils s'entretenaient
de ces souvenirs qu'Arthur évoquait à merveille, et que François écoutait avec une
joyeuse et cordiale attention ; ils marchaient
lentement, car la chaleur du jour les avait
fatigués, et le soleil, quoique à son déclin,
jetait encore sur la campagne un voile de vapeurs enflammées. Ils approchaient cependant
de la ville ; ils voyaient déjà ses tours hautes
et grises se dresser devant eux ; mais ils s'at-
tardaient, afin de respirer plus longtemps l'air

des champs ; embaumé des senteurs du foin nouvellement coupé ; ils écoutaient les roulades éclatantes d'un rossignol, qu'interrompait par instants le chant clair et prolongé d'une fauvette, et François dit, riant, à son frère :

« Voilà les artistes du bon Dieu.... ils ne chantent que pour lui, pour lui obéir et pour lui plaire... Combien de chanteurs pourraient en dire autant ?

» — Combien de chanteurs pourraient en faire autant ? » répondit Arthur ému par ces chants délicieux.

Ils s'arrêtèrent un instant, puis reprirent leur route ; le chemin faisait un coude ; au détour, assis par terre et appuyé contre une borne milliaire, ils virent un jeune homme, qui paraissait épuisé de fatigue. Il était pauvrement vêtu d'une blouse et d'un pantalon de toile grise ; ses souliers poudreux et déchirés laissaient passer ses pieds ; il avait jeté à côté de lui, sur l'herbe, une casquette en mauvais état, et un bâton, compagnon du voyageur; mais quoique son extérieur annonçât qu'il venait de faire à pied une longue route, il n'avait auprès de lui ni gourde, ni havre-sac, et sa figure, aussi bien que son pauvre équipage, décelait la souffrance, la lassitude et la misère. François, touché de compassion, s'arrêta et lui dit avec douceur :

« Vous semblez fatigué, camarade, n'auriez-vous besoin de rien ? »

Le jeune homme souleva ses paupières languissantes, et dit :

« Je ne puis avancer, je suis trop las.

» — Vous allez à Gand ?

» — Oui.

» — Vous n'êtes guère qu'à dix minutes de marche de la ville, essayez de vous lever, je vous donnerai le bras, car enfin vous ne pouvez pas coucher dans les blés. »

Le jeune homme voulut se redresser, mais ses jambes fléchirent, et il tomba presque sans connaissance sur l'épaule de François.

« Mon Dieu ! dit celui-ci à Arthur, je crois qu'il se trouve mal de faim plutôt que de fatigue.... Cours chercher un peu de vin à l'auberge que je vois là-bas. »

Arthur obéit ; il revint promptement, et il fit avaler quelques gouttes de vin au pauvre voyageur, qui soupira et rouvrit les yeux. Il but encore et parut ranimé.

« Je pourrai marcher, je crois ; dit-il, je me sens un peu mieux.

» — Si vous êtes étranger, répondit François, nous vous conduirons à une bonne auberge, où vous puissiez vous soigner et vous reposer un peu.

» — Une auberge ! dit le jeune homme, non.... j'aime mieux traverser la ville.... j'ai une parente au village de Wondelghem, j'irai lui demander l'hospitalité pour cette nuit... »

Disant ces mots, il rougissait, et l'inquiétude se lisait dans ses yeux.

« Wondelghem ! s'écria à son tour Arthur,

mais, camarade, il est impossible que vous fassiez ce soir une pareille route ! Venez plutôt, François ne me désapprouvera pas, venez souper et coucher chez nous ; je vous offre mon lit, et demain matin, frais et reposé, vous irez trouver votre parente. »

François appuya la proposition ; le voyageur hésitait, mais sa timidité se dissipa devant les cordiales invitations des deux jeunes gens. D'ailleurs, sa faiblesse et son indisposition le reprenaient, et ce ne fut que soutenu par le bras de François, qu'il put arriver au logement des deux frères. La bonne Mme Willems, avertie par un mot d'Arthur, prépara un souper copieux ; mais l'étranger, épuisé de lassitude, accablé de fièvre, ne put pas faire honneur à la table de ses hôtes. Il avait surtout besoin de repos, et lorsqu'il fut couché dans le lit propre et blanc qu'on lui avait préparé, il jeta les yeux autour de la chambre, il regarda les meubles de chêne, les livres, le crucifix, et se tournant vers

François qui l'avait accompagné, il s'écria avec un soupir :

« Que je suis bien ! il y a si longtemps que je n'avais couché dans un lit et avec la croix au-dessus de ma tête ! »

François ne se coucha point de la nuit ; il veilla auprès du malade qui lui inspirait une profonde compassion, et vers le matin il eut la satisfaction de le voir s'endormir d'un sommeil tranquille. Le soleil était déjà haut quand il s'éveilla guéri, graces à la merveilleuse sève de la jeunesse ; il voulut se lever, et trouva d'autres vêtements que François lui avait préparés ; les deux frères entrèrent et mirent fin à ses remercîments en le conduisant vers la table du déjeûner. Lorsqu'il eut un peu réparé ses forces, il leur dit, en les regardant avec une reconnaissante affection :

« Je ne sais comment je pourrai vous remercier, car sans vous, hier, je serais mort d'épuisement, de fatigue.... de faim.... »

Il se tut après avoir dit cette dernière parole, et reprit avec effort :

« Oui, de faim ! car je n'aurais pas voulu mendier, je suis fils d'honnêtes gens, qui toujours ont gagné leur vie en travaillant....

» — Vous êtes de notre pays ? » dit François, qui voulait l'encourager à parler, espérant le secourir plus efficacement, lorsqu'il le connaîtrait mieux.

» — Oui, je suis né à Gand.... mon père était horloger... vous l'avez peut-être connu... il se nommait R....

» — En effet, répondit François, il n'avait qu'un fils.... et.... pardonnez-moi.... l'on disait que ce fils s'était fait acteur.... c'est une calomnie, je pense ?

» — Non, ce n'est pas une calomnie ! » dit d'une voix étouffée le malheureux jeune homme, qui se nommait Robert, « non, je suis descendu jusque-là !.... »

En parlant ainsi, il mit les mains sur son visage et garda un long silence. Arthur le regardait avec étonnement et François avec pitié. Il leva enfin la tête et reprit :

« Vous êtes, depuis long-temps, les seuls êtres qui m'aient témoigné de l'intérêt ; je veux, en quelques mots, vous dire ma triste histoire, mes erreurs, mes fautes. Tout ce que je vois ici me rappelle ma jeunesse, mes occupations, et aussi, faut-il le dire? les goûts qui m'ont perdu.... J'avais chez mon père une chambre pareille à celle-ci, j'avais aussi des instruments de musique. J'aimais tant la musique ! Mon père m'avait permis de suivre les cours du conservatoire, et là, mêlé à d'autres jeunes gens, j'avais pris à la fois un goût passionné pour l'art et une aversion profonde pour le métier, l'honnête métier qui faisait vivre mon père, et qui devait me faire vivre à mon tour. Mon père voulait m'initier à sa profession, mais je ne profitais pas de ses leçons ; je n'avais d'yeux et d'oreilles que pour mon maître de chant ; et quand je pouvais me sauver de notre petite boutique, je courais vite à un café où se rassemblaient des musiciens et des acteurs. Ce fut là ma perte, messieurs.... Là, on m'apprit à mépriser un état honorable, un gain médiocre, mais honnêtement acquis, on m'apprit à désirer du succès, de l'argent, des bravos.... là, enfin, on m'endoctrina si bien, que je conclus un engagement avec un directeur de théâtre, qui fondait des espérances sur ma voix, et que je partis avec lui à l'insu de mon père.... Quelle faute ' quel malheur ! Après quelques semaines de répétitions, je débutai, comme l'on dit, sur un théâtre de province.... je parus, affublé de clinquant, tremblant, pâle sous mon fard, devant une salle pleine de monde.... j'avais la fièvre en voyant cet océan de têtes, ces yeux dirigés vers moi, ces lorgnons braqués sur mon visage, avec une curiosité qui me semblait insultante et presque féroce.... c'était là cependant l'heure de ces succès que j'avais tant souhaités ! J'ouvris la bouche pour chanter.... mon gosier était

desséché, ma langue paralysée ne formait
pas de sons... vingt fois en une seconde j'eus
l'idée de m'enfuir, de me cacher.. on m'aurait ouvert la porte d'un cachot que j'y serais
entré pour me dérober à la vue des hommes...
on m'attendait cependant.... le public, ce
maître impatient, trépignait et murmurait...
Par un suprême effort, je recouvrai un peu
de voix ; mais la beauté de cette voix sur laquelle on avait compté, m'échappa tout-à-
fait.... je chantai mal, je jouai plus mal encore, gêné sous ce manteau de prince, interdit devant ce public railleur dont les yeux
me poursuivaient.... Avant la fin du premier
acte j'étais sifflé ; et, comme mon rôle m'or-
donnait de rester en scène, il fallait que je
demeurasse là, immobile, sous les clameurs
et les huées.... Oh ! quels moments ! Le lendemain, je quittai cette ville.... J'aurais dû,
comme l'enfant prodigue dont les prêtres
parlent en chaire, j'aurais dû revenir à mon
père, et lui dire : *J'ai péché!* mais ma vanité

se refusait à cet aveu.... j'allai ailleurs, je débutai encore, et sans obtenir plus de succès; car si l'orgueil, le désir des applau-dissements me poussaient au théâtre, la honte me clouait la bouche aussitôt que j'étais monté sur ces fatales planches.... Je vis enfin qu'il fallait renoncer à cette carrière; alors je voulus être musicien.... je jouai du violon à l'orchestre du théâtre, au concert, dans les guinguettes même où dansait la populace..... il me fallait vivre ! et bientôt, éclipsé que j'étais par d'autres concurrents, le pain me manqua.... Deux ans s'étaient passés dans cette lutte; je tombai malade.... un voisin charitable me fit porter à l'hospice, et là, pendant ma longue maladie, combien ma pensée se reporta vers la maison paternelle, vers mon bon père, si honnête, si laborieux, si doux, si différent de ces gens de café, de théâtre, de coulisses, avec lesquels j'avais vécu; vers ma sœur aînée, qui remplaçait notre mère; vers notre vie cachée, humble,

mais si pure, si droite, si indépendante !
Je dis mes peines, mes regrets, mes fautes,
d'abord à une vieille sœur, qui me veillait et
me soignait comme un enfant, puis à un bon
prêtre qu'elle m'amena. Ce dernier me ré-
concilia avec Dieu, avec moi-même, et il me
fit concevoir l'espérance du pardon de mon
père. Je voulus **partir** pour le demander. Le
bon abbé me donna de l'argent et m'embrassa ; la sœur me promit de prier Dieu pour
moi. Je me mis en route ; mais à mi-chemin,
je retombai malade ; mon argent fut dépensé,
mes forces s'épuisèrent, et à peine conva-
lescent, je me traînai vers mon pays.... Hier,
à la vue des clochers de Gand, à la pensée
que mon père vivait là, sous cette vieille tour
de Saint-Jacques, les forces m'ont manqué,
je n'osais plus aller le trouver, comme le
pauvre enfant prodigue ; je voulais aller trouver ma marraine, qui habite Wondelghem,
afin qu'elle parlât pour moi.... je ne savais
enfin ce que je voulais, lorsque vous m'avez

rencontré ; je vous dois la vie, car il me semble que j'allais mourir là , d'émotion , de misère , de douleur, en voyant ma ville natale , que j'ai si follement quittée pour courir après une destinée qui serait misérable encore , alors même qu'elle serait brillante... Maintenant , que faut-il que je fasse?

» — Je me lèverai , et j'irai trouver mon père , et je lui dirai : Mon père , j'ai péché contre le Ciel et contre vous ! » dit François avec une douce gravité.

» — Ainsi soit-il , répondit Robert , j'y vais de ce pas. »

IX

Entretien intime.

Inclinez mon cœur vers vos préceptes,
et détournez-le de la cupidité. Détournez
mes yeux pour qu'ils ne regardent pas la
vanité.   PSAUME CXV.

DEUX ou trois jours après, les deux frères sortirent ensemble à l'approche du soir, et s'avançaient, causant, vers les ruines de l'antique abbaye de Saint-Bavon.

« Que je suis heureux, dit Arthur, de voir ce pauvre Robert réconcilié avec sa famille ! je l'ai vu ce matin ; il me parlait avec des larmes de joie, de la bonté de son père, de la tendresse de sa sœur, et du grand désir qu'il a maintenant de devenir un bon ouvrier, utile à son père dans leur profession.

» — C'est fort bien ; j'espère que Robert persévérera.

» — Oh ! comment veux-tu qu'il ne persévère pas, après la rude expérience qu'il a faite !

» — Il est vrai que la vie d'artiste ne lui a pas été très-favorable.

» — Quelle position ! Se trouver en face du public, hué, sifflé ! c'est affreux ! Ah ! qu'une condition modeste, fût-ce celle d'un artisan, est préférable !

» — Tu trouves, Arthur ?

» — En doutes-tu !

» — Quels sont donc tes projets ?

» — D'accepter le premier emploi qui s'offrira, pourvu qu'il soit honnête, et que j'y puisse gagner quelque chose pour nous deux. Il y a si long-temps que tu travailles tout seul !»

François serra la main de son frère :

«Puisque tu es de si bonne composition ,
lui dit-il , je vais te parler ouvertement. On
m'offre pour toi un emploi de commis chez
M. N****, maison honorable et chrétienne, et
l'on me promet un assez rapide avancement,
si l'on a lieu d'être satisfait de ton zèle et
de tes efforts. Consens-tu à accepter cette
offre ? »

Arthur réfléchit un instant , et répondit :

« Je t'avoue que je tremble à la pensée
d'une vie régulière , monotone et toute ren-
fermée dans le cercle des mêmes devoirs !
mon imagination m'emporte ailleurs !

» — Mon ami , reprit François , mon bon
frère , voici que tu touches à ta dix-septième
année; orphelin, sans fortune, il faut vieillir
et devenir homme avant l'âge de la maturité.
Or, qu'est-ce qu'être homme, si ce n'est
employer son bon sens à choisir le bien , et
sa fermeté d'âme à l'accomplir? Que l'enfant,
que l'adolescent se livrent aux caprices de
leur imagination , soit ! mais l'homme a un

but, fixe, déterminé, et ce but, il doit chercher à l'atteindre. Quel est ton but? de te créer une position honnête, où l'estime publique t'environne, et où tu puisses faire quelque bien, soit par l'exemple, par le conseil, par la participation aux bonnes œuvres que d'autres entreprennent. Pour arriver là, mon cher Arthur, surtout lorsqu'on est pauvre, ignoré, sans appui, comme nous le sommes, il faut commencer de bonne heure; il faut jeter, dès les premiers pas dans la carrière, les fondements de la bonne réputation à venir; il faut commencer dès-à-présent, les petites économies qui seront les bases de ta modeste fortune; il faut t'établir solidement dans les principes que tu veux professer toute ta vie. Travail, probité, délicatesse, choix scrupuleux dans les relations, et surtout pratique constante des lois de la religion, voilà, selon moi, le meilleur moyen pour transformer un ouvrier en *monsieur*, comme disait notre pauvre mère. Que serait un *monsieur* qui ne serait ni chrétien ni homme d'honneur? Il aurait beau posséder des millions que je le mettrais au-dessous du plus pauvre, du plus grossier artisan, si cet artisan est honnête homme.

» — Mais cet emploi que tu m'offres ne me présente pas une perspective brillante !

» — Sûre, honnête, ai-je dit, et non pas brillante ; mais toutes les conditions peuvent être ennoblies par les qualités de ceux qui les occupent. Un commis intelligent, appliqué, loyal, *dévoué*, entends-tu bien, *dévoué* aux intérêts de son patron, ne sera jamais confondu, ni par le patron, ni par le public, dans la tourbe des jeunes gens dissipés, égoïstes et paresseux, dont les bureaux sont remplis. Je ne connais que ce moyen de distinction : la bonne conduite.

» — Pourquoi donc insistais-tu sur le mot *dévouement ?*

» — Parce que rien n'est plus rare aujourd'hui, et que rien cependant n'est plus beau que l'homme qui sait sortir de lui-même, pour se dévouer à une idée, à un sentiment, à un devoir : cela fait le saint, le héros et le parfait honnête homme, car l'égoïste a toujours un côté douteux.

» — Tu te connais en dévouement, mon bon frère ! »

François rougit faiblement et reprit :

«Ne vaut-il pas mieux se dévouer, s'identifier à une maison, à une famille, lorsqu'elle est honnête, que de passer de bureau en bureau, d'emploi en emploi, et d'arriver à la fin de sa vie sans avoir été utile à personne, pas même à soi-même? J'ai peu lu, mais cependant j'ai vu dans l'histoire qu'un roi avait pris pour devise ces mots : *Je sers!* et qu'en effet, il mourut sur le champ de bataille en servant les Français [1]. Nous servons tous, le Fils de Dieu lui-même est venu pour servir,

[1] Cette devise était celle du roi Jean de Bohême, qui mourut à la bataille de Crécy, après avoir héroïquement servi la cause de la France.

soyons donc de bons, de fidèles ; de dévoués serviteurs !

» — De bons, de fidèles, de dévoués commis ! » repartit Arthur en riant.

» — Pourquoi pas ! c'est une dépendance honnête, utile, par conséquent honorable, si l'on sait s'honorer soi-même !

» — Je servirai donc ! » dit Arthur avec un petit soupir, « et je tâcherai d'être bon serviteur. »

François leva les yeux au ciel, comme s'il eût espéré voir sa mère, et qu'il eût voulu lui rendre compte de son succès.

X

Quatre ans.

Il vaut mieux que deux soient ensemble
que d'être seul ; car ils ont le prix de leur
nation , si l'un tombe l'autre le soutiendra.

ECCLÉSIASTE.

ARTHUR remplit dès le lendemain le poste
que lui avaient fait obtenir bien moins ses
talents réels que l'estime profonde inspirée
par son frère à tous les gens de bien. François, en acceptant le pénible devoir que sa
mère , au lit de mort, lui avait légué, n'avait
nullement pensé à lui-même ; il s'était oublié,
et sa personnalité s'était presque anéantie

dans celle de son frère, et pourtant, juste
récompense de cette abnégation, la consi-
dération publique l'environnait; elle venait
le chercher dans son état obscur, dans sa
pauvre boutique; seul, il ignorait combien
il était estimé de tous.

Dès qu'Arthur eut choisi un état, il chercha plus que jamais à l'éloigner des dangers
de son âge, des plaisirs où la jeunesse, cruelle
envers elle-même, immole son avenir au
délire d'un instant; il chercha par tous les
moyens que lui fournissaient son esprit droit
et son cœur ingénieux à force de tendresse,
à imprimer dans l'âme du jeune homme les
principes de foi, de loyauté, de simplicité,
de délicatesse qui, dans toutes les positions,
constituent l'homme vraiment honorable; la
bonne conduite de son frère fut le prix de ses
efforts. Comme l'argent rapporte l'argent,
les bons sentiments, eux aussi, produisent
en s'accroissant mille sentiments plus exquis,
et la tendresse des deux frères augmenta, à

mesure que croissaient le dévouement de l'aîné, la reconnaissance et le respect d'Arthur. Il comprenait cette affection dont il avait été l'objet, ces sacrifices muets qu'il avait inspirés, et il aimait d'autant mieux son frère que son intelligence éclairée lui faisait entrevoir les beautés de cette âme modeste, voilée à elle-même. Il disait quelquefois à ses amis :

« Il faut que je me conduise bien, il faut que je sois heureux, c'est la seule marque de reconnaissance que je puisse donner à mon bon frère ! »

Et cette pensée était aussi le bouclier qui le couvrait dans les tentations de son âge :

« Si je succombais, se disait-il, François en serait si triste ! »

Cependant, la tendresse fraternelle n'aurait pas suffi peut-être, si une religion solide ne fût venue en aide au jeune homme, par des principes invariables ; et par cet amour du beau et du bon qu'elle sait si bien inspirer.

Arthur et son frère étaient chrétiens, et tous deux bénissaient le Dieu des âmes pures et chastes, qui leur faisait goûter de si doux plaisirs dans leurs devoirs et dans leur mutuel amour.

Une pensée les inquiétait parfois ; il y avait une tache sombre sur cet avenir d'ailleurs si serein : Arthur avait dépassé sa vingtième année ; bientôt allait venir l'époque de la conscription, et Arthur craignait ce numéro fatal, qui pouvait l'enlever à son frère et aux travaux qu'il aimait.

« Fions-nous en la Providence, disait François, depuis notre enfance elle est pour nous ! »

Cependant le moment arriva ; Arthur avouait qu'en son cœur il avait un mauvais pressentiment, et il ne répondait qu'avec un faible sourire aux encouragements de la bonne femme Willems. Il sortit de la maison pâle et sérieux, et se rendit à l'hôtel-de-ville, où il attendit l'appel de son nom, silencieux au milieu de ces groupes de jeunes gens qui, à force de bruit, espèrent s'étourdir sur leurs angoisses. Arthur se présenta à son tour, le cœur ému comme un homme qui sent son avenir engagé, il plongea la main dans l'urne et en retira un numéro. Ce numéro, proclamé à haute voix, ne laissa aucun doute au pauvre jeune homme : il était soldat !

Ferme, mais triste, il se retira et trouva, dans la cour de l'hôtel-de-ville, François, à qui il n'eut pas besoin d'apprendre son malheur, car son visage en disait assez. Ils retournèrent chez eux, où ils furent accueillis par les bruyantes interrogations de la bonne femme, et lorsqu'elle eut appris la mauvaise fortune de celui qu'elle nommait toujours son cher enfant, elle fondit en larmes. Arthur s'était assis, découragé ; Willems se promenait avec humeur, ne sachant à qui s'en prendre. Seul, François n'était plus là. Il revint au bout de quelques minutes, l'air paisible comme toujours, mais plus joyeux et plus satisfait. Arthur le regarda un peu surpris : il était si accoutumé à la parfaite sympathie de son premier, de son meilleur ami !

« En vérité, dit François, je suis un enfant ! je te laisse dans le chagrin afin de te causer une surprise... pardonne-moi, et vois si tu pourras t'acheter un remplaçant... »

En disant ces mots, il mit aux mains de son frère un livret de caisse d'épargne...

Arthur, de plus en plus étonné, l'ouvrit machinalement, et vit à la dernière page que le total des sommes placées à diverses fois, s'élevait à six cents francs.

« Qu'est-ce que cela ! s'écria-t-il, que me donnes-tu là ?

» — Mes économies, répondit François en riant, ne savais-je pas que tu devais tirer au sort ? Voilà dix ans que j'y pense !

» — Mon bon frère ! mon père, devrais-je dire ! comment as-tu fait ?

» — Dame, j'ai économisé chaque jour,

tantôt sur une bagatelle, tantôt sur une autre; la fortune des ouvriers ne peut se faire que peu à peu, sou à sou, jour par jour. On se moquait de mon avarice, on trouvait incroyable que je n'aimasse pas les plaisirs; mais je t'assure, mon ami, que j'aime les plaisirs autant qu'un autre; seulement je choisis les miens, et en ce moment je suis plus qu'amusé, je suis heureux !

» — Et moi donc ! » s'écria Arthur en embrassant son frère, les yeux mouillés et le sourire sur les lèvres.

» — Je te disais bien que la Providence viendrait à notre secours.

» — Oui, dit Mme Willems, et toujours elle a pris pour notre Arthur les traits et l'amitié de son frère ! »

Cependant, lorsqu'ils furent rentrés dans leur chambre, Arthur dit à son frère, d'un ton ému et sérieux :

« François, comment ferai-je pour te payer de tant de bienfaits, de tant de sollicitude?

Tiens, il m'en coûte d'accepter cette dernière marque de ton amitié. Cet argent, que tu as si soigneusement épargné, pourrait servir à t'établir, il n'est pas juste que, jeune et fort comme je le suis, je le dépense pour moi, pour m'acheter un remplaçant. C'est trop.

» — Non, mon enfant, répondit affectueusement François, non, ce n'est pas trop, et crois-moi, tout compte fait, je te dois plus que tu ne me dois. En prenant ce que l'on appelle une charge, et ce que je nommerais, moi, un soutien, en acceptant enfin un devoir, j'ai plus aidé à mon propre bonheur qu'au tien. Sans le petit Arthur pour lequel il fallait travailler, qui m'apprenait la sobriété, l'économie, je serais devenu probablement un ouvrier comme un autre, j'aurais cherché ce qu'on a la bonhomie d'appeler les plaisirs, j'y aurais perdu argent, bon sens et principes.... cela ne pouvait manquer, n'ayant ni père ni mère pour me retenir. A la place des parents que j'avais perdus, le bon Dieu m'a donné un fils; il m'a imposé une charge, une responsabilité, un devoir, et il n'y a rien de tel pour maintenir un homme dans le bon chemin. Accepte donc mes six cents francs, et ne parlons plus d'obligations entre nous; seulement, je te promets, dans quelques années, lorsque j'aurai fait de nouvelles économies, de ne pas refuser ton aide pour m'établir à mon tour.... »

XI

Conclusion.

<blockquote>

. . . . . Le jeune homme
Triomphant dans ses pleurs, s'assit sur le tombeau
Comme un homme arrivé s'asseoit sur son fardeau.

LAMARTINE.

</blockquote>

Deux ans après ce petit évènement domestique, un mariage était béni à l'autel de la sainte Vierge de la cathédrale. Les mariés étaient remarquables l'un et l'autre par la modestie de leur toilette et l'expression douce et recueillie de leur physionomie. François, grave et content comme eux, regardait le marié avec la plus vive affection ; car ce marié, c'était son frère, son petit Arthur, qui, devenu, grace à la conduite la plus honorable, premier commis de M. N***, épousait la fille du caissier de cette maison. Cette union avec une jeune fille pieuse et douce, à l'esprit éclairé, aux goûts laborieux, lui promettait un bonheur solide, auquel venaient s'ajouter les jouissances que procurent l'estime publique, la bonne conscience, le travail, et l'aisance dont ce travail était la source.

François, le cœur ému, débordant de gratitude, remerciait le Seigneur, qui lui avait permis de conduire à ce point l'œuvre de sa mère, d'accomplir ainsi les désirs de cette mère autrefois injuste, mais toujours vénérée; il énumérait en sa pensée toutes les bénédictions dont Dieu l'avait comblé, le secours que sa main puissante avait prêté aux deux orphelins; le passé n'avait pour lui que des souvenirs délicieux; à l'avenir il ne demandait rien que le bonheur et la persévérance de son frère; les vœux les plus tendres, les plus dévoués s'élevaient de son âme vers l'Auteur de tout bien , et lui demandaient les dons de sa bonté pour les deux jeunes époux. Arthur, à son tour, priait pour son frère, et leurs prières se confondaient en montant vers le Ciel.

Lorsque la touchante cérémonie fut accomplie , les mariés et leurs amis revinrent chez les parents de la jeune femme, où Arthur allait habiter désormais. Mais François n'avait nulle inquiétude , il ne craignait pas d'être oublié par ce cœur qu'il avait formé ; aussi céda-t-il avec une joie douce à la gaîté des convives, et aux empressements de sa jeune sœur, qui lui témoignait une affection naïve et presque respectueuse.

Cependant , vers le soir , il sentit le besoin d'être seul , et laissant Arthur à sa nouvelle famille , il sortit et se dirigea vers la campagne.

Son cœur, plein d'émotions, cherchait à s'épancher dans le sein de Dieu , — Dieu, depuis son enfance, son confident et son appui ! — Il alla donc s'entretenant dans ses pensées, se reportant vers les jours les plus lointains du passé, se représentant son frère dans toutes les phases de leur vie commune, enfant, adolescent, homme enfin, homme vertueux et bon, destiné à parcourir une carrière utile et heureuse.

Ces images remplissaient son cœur de joie ; il disait au Seigneur combien il était heureux, et comme toujours, chez les âmes vraiment chrétiennes, sa félicité s'exhalait en bénédictions, et son bonheur était un hymne de reconnaissance envers le Dieu tout bon. Le souvenir de sa mère se mêlait à toutes ses idées, ce souvenir devenu plus doux, à mesure que les années s'écoulaient, car le temps, favorable aux morts, emporte les images mauvaises et ne fixe dans la mémoire que les traits les plus aimables de ceux qu'on a perdus.

« Si elle vivait, se disait François, qu'elle

serait heureuse en voyant notre Arthur ! »

Un mouvement plus instinctif que raisonné avait conduit François au cimetière où reposait sa mère. Il entra : tout était calme dans ce paisible *dortoir* (comme l'appelaient les premiers chrétiens) où les os des fidèles et des saints attendent en paix l'heure promise de la résurrection. L'herbe des tombeaux frissonnait sous une brise légère, qui faisait ondoyer les hauts peupliers, dont la verdure s'étendait comme un voile au-dessus des tombeaux. Quelques oiseaux chantaient sous les arbres, au soleil couchant, dont les beaux et splendides rayons illuminaient la haute Croix, arbre de vie dressé au milieu de ce champ de la mort. François s'avança lentement, cherchant des yeux la petite croix de bois, que depuis dix-sept ans il avait renouvelée bien souvent sur la tombe de sa mère. Il s'agenouilla sur le gazon, priant pour cette âme qu'il avait tant aimée ; puis, se reportant vers les émotions de la journée, pensant au

cher dépôt si fidèlement gardé, le cœur plein
d'une joie mélancolique, il s'écria à haute
voix : « Ma mère, êtes-vous contente?.... »

FIN.

TABLE

FIN DE LA TABLE.

Lille, Typ. L. Lefort. 1851.

BIBLIOTHÈQUE

HISTORIQUE ET MORALE.

91 vol. in-12 avec fig,

ADHÉMAR DE BELCASTEL, ou ne jugez pas sans connaître.

ALGÉRIE (l') CHRÉTIENNE, par A. Egron.

AME (l'); entretiens de famille sur son existence, son immortalité, sa liberté, etc.

AMIS DE COLLÉGE, par Mme Césarie Farrenc.

ANTOINE ET JOSEPH, ou les deux éducations.

ANTOINE, ou le retour au village, par M. l'abbé de Valette.

BEAUTÉS DES LEÇONS DE LA NATURE.

BIBLE DE FAMILLE; nouvelle édit. *approuvée*.

BOTANIQUE à l'usage de la jeunesse, par Mme B***

BRUNO; imité de l'allemand, par l'auteur d'*Adhémar de Belcastel*.

CHANTS HISTORIQUES, trad. de l'italien de Silvio Pellico, par L. P.

CHARMES DE LA SOCIÉTÉ DU CHRÉTIEN, par l'auteur de *Réné*.

CLOTILDE, ou le Triomphe du Christianisme chez les Francs.

CORRESPONDANCE DE FAMILLE sur le choix des amis, etc.

DOM LÉO, ou le pouvoir de l'amitié, par l'auteur de *Lorenzo*.

DRAMES à l'usage des collèges et des pensionnats.

EDMOUR ET ARTHUR, par l'auteur de *Lorenzo*.

ÉPREUVES (les) DE LA PIÉTÉ FILIALE, par le même.

EUGÉNIE DE REVEL, souvenirs des dernières années du 18.e siècle.

FAMILLE (la) LUZY, par Henri Marg.***

FERNAND ET ANTONY; épisode tirée de l'hist. d'Alger.

FOI (la) L'ESPÉRANCE ET LA CHARITÉ, par M. L. B.

FRÉDÉRIC, ou l'amour de l'argent, par Mme Césarie Farrenc.

GILBERT ET MATHILDE; épisode de l'hist. des crois.

HENRI DE FERMONT, ou la sévère leçon.

HISTOIRE D'ANGLETERRE.

HISTOIRE DE BOSSUET, par F. J. L. 2e édition.

HISTOIRE DE DU GUESCLIN, par ***

HISTOIRE DE FÉNELON, par F. J. L. 3e édition.

HISTOIRE DE FRANÇOIS Ier, roi de France.

HISTOIRE DE GODEFROI DE BOUILLON, suivie de l'histoire des Croisades.

HISTOIRE DE HENRI IV, roi de France et de Navarre

HISTOIRE DE LA RÉVOLUTION FRANÇAISE, à l'usage de la jeunesse.

HISTOIRE DE LOUIS XII, surnommé le père du peuple.

HISTOIRE DE LOUIS XIV, à l'usage de la jeunesse.

HISTOIRE DE MARIE-ANTOINETTE, et précis sur Mme Elisabeth.

HISTOIRE DE NAPOLÉON, par l'auteur de l'*Histoire de Vauban*.

HISTOIRE DE PHILIPPE-AUGUSTE.

HISTOIRE DE RUSSIE.

HISTOIRE DE SAINT FRANÇOIS D'ASSISE, par M. l'abbé Petit.

HISTOIRE DE SAINTE MONIQUE, par le même.

HISTOIRE DE S. LOUIS.

HISTOIRE D'ESPAGNE.

HISTOIRE DES SOLITAIRES D'ORIENT, tirée des auteurs ecclésiastiques.

HISTOIRE DE STANISLAS, roi de Pologne; extraite de l'abbé Proyart, par ****

HISTOIRE DE VAUBAN, par l'auteur de l'*Histoire de Napoléon*.

HISTOIRE DU BAS-EMPIRE, par Ant. Caillot. 2 vol.

HISTOIRE DU BRAVE CRILLON.

HISTOIRE DU GRAND CONDÉ, par l'auteur de l'*Histoire de Louis* xiv.

HISTOIRE DU MOYEN-AGE, par F. G.

HISTOIRE DU PONTIFICAT DE PIE VI.

HISTOIRE DU PONTIFICAT DE PIE VII.

JEANNE D'ARC, par Maxime de Mont-Rond.

JÉRUSALEM, histoire de cette ville célèbre.

JULES , ou la vertu dans l'indigence.

JULIEN DURAND ; nouvelle imitée de l'anglais.

L'ANCELLE ET ANATOLE , ou les soirées arlésiennes,
par D. J. D.

LORENZO , ou l'empire de la religion. G. T. D.

MANUSCRIT (le) BLEU , ou la jeune femme chrétienne,
par L. B. D. C.

MISSIONS D'AMÉRIQUE, d'Océanie et d'Afrique , par
Maxime de Mont-Rond.

MISSIONS DU LEVANT , d'Asie et de la Chine , par
le même.

MORALE DU CHRISTIANISME, offerte à la jeunesse,
par M. D. S***

NAUFRAGE (le), ou l'île déserte , suivi d'*Arthur Dau-
court*.

NOUVEAU THÉATRE des maisons d'éducation pour les
jeunes gens.

NOUVEAU THÉATRE des maisons d'éducation pour
les jeunes personnes.

PETIT (le) SAVOYARD, suivi du *pauvre Orphelin et
de l'Orpheline*.

RENÉ, ou de la véritable source du bonheur.

RETOUR A LA FOI ; tr. de l'espagnol d'Olavidès.

RETOUR DES PYRÉNÉES, suivi de fragments et de pensées diverses.

ROSARIO ; histoire espagnole, par l'auteur de *Lorenzo*.

ROSE DE TANNENBOURG, suivie du Rosier et des Cerises, par le chanoine Schmid.

SAINT-PIERRE DE ROME et le Vatican, par de Ravensberg.

SÉRAPHINE, ou le Catholicisme dans l'Amérique septentrionale.

SOLITAIRES (les) D'ISOLA BOMA, par l'auteur de *Lorenzo*.

SOUVENIRS D'ANGLETERRE, et Considérations sur l'Église anglicane.

SOUVENIRS D'ITALIE, par M. le marquis de Beaufort.

THÉATRE DES JEUNES FILLES, par Mme Césarie Farrenc.

TRAITS ÉDIFIANTS, recueillis de l'histoire ecclésiastique.

TRIOMPHE (le) DE LA PIÉTÉ FILIALE.

VIE DE BRIDAYNE, missionnaire, par l'abbé Carron.